Catalogage avant publication de Bibliothèque et Archives nationales du Québec et Bibliothèque et Archives Canada

Latulippe, Martine, 1971-, auteur

Du sirop pour les robots/Martine Latulippe ; illustrations, Fabrice Boulanger.

(Emma et Jacob ; 9)
Public cible : Pour enfants de 6 ans et plus.

ISBN 978-2-89591-325-2

I. Boulanger, Fabrice, illustrateur. II. Titre. III. Collection : Latulippe, Martine, 1971- . Emma et Jacob ; 9.

PS8573.A781D8 2018   jC843'.54   C2017-942291-X
PS9573.A781D8 2018

Tous droits réservés
Dépôts légaux : 1er trimestre 2018
Bibliothèque nationale du Québec
Bibliothèque nationale du Canada
ISBN : 978-2-89591-325-2

Conception graphique et illustrations : Fabrice Boulanger
Mise en pages : Amélie Côté
Correction et révision : Annie Pronovost

© 2018 Les éditions FouLire inc.
4339, rue des Bécassines
Québec (Québec) G1G 1V5
CANADA
Téléphone : 418 628-4029
Sans frais depuis l'Amérique du Nord : 1 877 628-4029
Télécopie : 418 628-4801
info@foulire.com

Les éditions FouLire reconnaissent l'aide financière du gouvernement du Canada pour leurs activités d'édition.

Elles remercient la Société de développement des entreprises culturelles du Québec (SODEC) pour son aide
à l'édition et à la promotion.

Elles remercient également le Conseil des arts du Canada de l'aide accordée à leur programme
de publication.

Gouvernement du Québec – Programme de crédit d'impôt pour l'édition de livres – gestion SODEC.

Imprimé avec des encres végétales sur du papier dépourvu d'acide et de chlore et contenant 10 % de matières recyclées post-consommation.

Sources mixtes
Groupe de produits issu de forêts bien gérées, de sources contrôlées et de bois ou fibres recyclées
www.fsc.org Cert no. SGS-COC-003885
© 1996 Forest Stewardship Council

IMPRIMÉ AU CANADA/PRINTED IN CANADA

Du sirop pour les robots

Écrit par Martine Latulippe

Illustré par Fabrice Boulanger

ÉDITIONS
FouLire

Le mois de mars est arrivé.

La relâche commence.

Toute une semaine de congé !

Jacob se demande ce qu'il fera
de ces journées.

Il va visiter grand-papa Jo. Il habite juste à côté.

Comme d'habitude, Emma, sa petite sœur, le suit.

Comme toujours, le chat Biscuit les suit aussi.

Jacob demande :

– Quand tu étais petit, avais-tu une semaine de relâche, toi aussi ?

Grand-papa répond :

– Oh non ! Mais j'étais toujours content de voir mars arriver. À cause de la cabane !

Emma s'exclame :

– Quoi ? Tu construisais des cabanes ?

Grand-papa explique :

– Non. C'était le temps des sucres !
Chaque année, j'allais à la cabane
à sucre avec mes amis les robots.

Il ne faisait pas
très chaud.

J'apportais pour
chacun une veste
à carreaux.

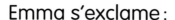

Les robots adorent l'huile à moteur.

J'en faisais bouillir une grande quantité.

Je faisais du sirop pour les robots !

Je l'étendais sur la neige bien tassée.

13

Les robots enroulaient l'huile
sur un bâton.

Ça faisait un drôle
de suçon !

Moi, je ne trouvais
pas ça très bon !

Quand ils avaient bien mangé,
les robots jouaient dans la neige.

Les robots sont très efficaces.

Je construisais un fort…
Eux bâtissaient de véritables
châteaux !

Je faisais une butte pour glisser.
Les robots se lançaient dans
un gros chantier !

On aurait dit
une descente
olympique !

Emma est très étonnée.

Elle demande :

– C'est vrai, tout ça, grand-papa ?

Grand-papa Jo éclate de rire.

– Non, ma jolie. Mais j'aurais
beaucoup aimé avoir des amis
robots !

Quand mars arrivait, j'allais
à la cabane à sucre… avec
ma famille !

Mon oncle avait une cabane.

On ramassait l'eau d'érable.

Il n'y avait pas de tubes, comme aujourd'hui.

On vidait les seaux dans un baril.

Le baril était posé dans une carriole tirée par un cheval.

Puis, mon oncle faisait bouillir l'eau dans la cabane.

Mmmm! Ça sentait bon!

L'après-midi, on mangeait
de la tire sur la neige.

C'était délicieux! Mon moment
préféré de la journée!

Même si, souvent, j'étais
tout collant!

29

Au souper, on dévorait des œufs
dans le sirop. Du jambon dans
le sirop. Des fèves au lard
dans le sirop.

Pour dessert, il y avait des crêpes…
et du sirop !

C'était un repas un peu sucré !

En soirée, on faisait de la musique.

Mon père jouait du violon.

Mon oncle sortait son accordéon.

Je les accompagnais avec
des cuillères de bois.

On chantait jusque tard le soir.

De retour chez moi, j'avais
du mal à m'endormir.

Parce que je m'étais trop amusé…

Ou parce que j'avais mangé
trop sucré !

Emma et Jacob retournent
à la maison.

Le chat Biscuit les suit.

Ça semble amusant, la cabane !

Jacob va voir ses parents. Il dit :

– Pendant la relâche, j'aimerais aller à la cabane à sucre !

Maman s'exclame :

– Quelle bonne idée !

Papa accepte aussi. Il est ravi.

Emma demande :

– Je peux appeler grand-papa
pour l'inviter ?

Toute la famille est excitée.

Jacob est fier de son idée.

Un seul est déçu de la proposition…

Tu devines qui? C'est le chat Biscuit!

Il a bien compris, lui, qu'il n'est pas invité à la cabane.

Pendant que les autres s'amuseront… il restera tout seul à la maison!

Écrit par Martine Latulippe
Illustré par Fabrice Boulanger

01- Un été sous l'eau

02- À l'école en fusée

03- Noël dans la jungle

04- Fêter au Far West

05- Joyeux anniversaire, Jacob !

06- Des bonbons dans le ciel

07- Un poussin et des pirates

08- Des poissons pour la princesse

09- Du sirop pour les robots

Martine Latulippe a aussi écrit aux éditions FouLire :

- La Joyeuse maison hantée - Série Mouk le monstre
- Les aventures de Marie-P
- Émilie-Rose
- L'Alphabet sur mille pattes - Série la Classe de madame Zoé
- Collection Mini Ketto
- La Bande des Quatre

Achevé d'imprimer à Québec,
janvier 2018.